JOSEPH BOULMIER

—

RIMES LOYALES

PARIS

POULET-MALASSIS ET DE BROISE

LIBRAIRES-ÉDITEURS

4, rue de Buci.

—

1857

RIMES LOYALES

Alençon, Imp. de POULET-MALASSIS et DE BROISE.

JOSEPH BOULMIER

RIMES LOYALES

PARIS

POULET-MALASSIS ET DE BROISE

LIBRAIRES-ÉDITEURS

4, rue de Buci.

1857

I

IMMORTALITÉ DE LA POÉSIE

IMMORTALITÉ DE LA POÉSIE

D'APRÈS GEORGES SAND (ANDRÉ)

Dixit insipiens in corde suo : Non est Deus!

Psaumes.

Ils ont dit, n'est-ce pas? dans leurs âmes gâtées,

Ces philistins épais, ces stupides athées :

« La poésie en est à son dernier soupir. »

Non ! elle n'est pas morte, elle ne peut mourir...

N'eût-elle d'autre abri, sur votre terre infâme,

Que le cerveau d'un homme ou le cœur d'une femme,

Elle aurait, pour chanter son hymne solennel,

Vingt siècles d'existence à la face du ciel.

Du Vésuve inspiré qui la retient esclave,

On la verrait jaillir comme un torrent de lave,

Et, perçant au travers de la réalité,

Se frayer un chemin vers le monde enchanté.

En dépit des faux dieux que le vulgaire encense

Sur l'autel renversé, débris de sa puissance,

Elle est plus que jamais immortelle à mes yeux,

Comme l'éclat des fleurs et la splendeur des cieux.

Du faîte social obstinément bannie,

Transfuge du théâtre et de l'Académie,

Gitana mal vêtue, errant sans feu ni lieu,

Sans même avoir accès dans la maison de Dieu,

Elle ira se mêler, comme un hôte sublime,

Aux plus naïfs détails de l'existence intime,

Et, lasse d'exhaler à l'oreille des grands

Une plainte incomprise en ses divins accents,

Pauvre peuple ! sa voix charmera ta souffrance

Par des refrains d'amour et des chants d'espérance.

Ne la voyez-vous pas, d'un sourire charmant,

Eclairer la taverne où fume l'Allemand,

Activer le rouet de la vieille grand'mère,

Et bercer dans ses bras l'enfant du prolétaire ?

Ne la sentez-vous pas tressaillir chaque jour

Dans ces cœurs altérés d'un impossible amour,

Fleurs d'azur dont la tige est en proie aux tourmentes,

Martyrs de l'idéal, nobles âmes aimantes,

Qui, souffrant comme Agar dans le désert de feu,

Se taisent devant l'homme et pleurent devant Dieu ?

Ne l'entendez-vous pas ?... Sa voix grave et profonde

D'un réseau d'harmonie enveloppe le monde,

Et ses chants concentrés en chœur universel,

Isolés ici-bas, se rejoignent au ciel...

Révélée à tout homme, à tout fils de la femme,

Comme un sens plus parfait, comme l'âme de l'âme,

Un jour la poésie, admise au rang d'honneur,

Doublera l'existence à force de bonheur.

Regardez : n'est-ce pas elle qui déifie

Des peuples montagnards la pensée et la vie ?

Sous la grotte où Fingal abrita ses vieux jours,

La harpe d'Ossian pleure et vibre toujours...

La nature, chez eux prodigue de miracles,

Les élève, il est vrai, parmi de grands spectacles ;

L'air, plus vif et plus pur, dilate leurs poumons ;

L'idéal de plus près rayonne sur les monts.

Mais du barde écossais la mélodie antique

Est descendue enfin dans le val romantique,

Et sous un ciel de flamme ou sous d'âpres frimas,

Le chant, vivace fleur, germe à tous les climats.

L'un sur son front d'élu porte sa poésie ;

L'autre au fond de son âme en goûte l'ambroisie ;

Celui-ci, doux rêveur écoutant les oiseaux,

La cherche au fond des bois, aux marges des ruisseaux

Celui-là, taciturne et perdu dans l'espace,

La demande là-haut au nuage qui passe ;

Cet autre la poursuit, dans ses transports divins,

Au galop d'un cheval à travers les ravins ;

Et ce dernier l'arrose au bord de sa fenêtre,

En couvant du regard la fleur qui vient de naître...

Ah ! c'est qu'elle est partout : dans le ciel, dans le cœur ;

Au milieu de l'extase, au fond de la douleur...

Si ce n'était, mon Dieu ! qu'une langue mortelle,

Elle mourrait .. Mais non ! c'est l'essence éternelle,

Le vital élixir, fruit d'un double élément :

La beauté dans le monde, en nous le sentiment.

Avant d'avoir tué la sainte poésie,

Il vous aura fallu, dans votre frénésie,

Arracher d'ici-bas la dernière des fleurs,

Eteindre le dernier battement de nos cœurs !...

II

L'OCÉAN ET LE CŒUR HUMAIN

L'OCÉAN ET LE CŒUR HUMAIN

IMITÉ DE L'ALLEMAND

(*CHARLES DE LEITNER*)

Vous qui d'un œil aimant regardez le poète,

Et qui lui demandez avec émotion

Pourquoi, de jour en jour, sa douleur inquiète

Pleure, en larmes de Christ, une autre Passion ;

Pourquoi ce cœur si riche en trésors ineffables,
D'une extase du ciel au lieu de s'enivrer,
Au lieu de suivre en paix le doux courant des fables,
Se concentre en lui-même où tout vient le navrer...

Attendez... Voyez-vous, là-haut, du promontoire,
Le plongeur aux flancs nus, pâle, mais sans effroi,
S'élancer d'un seul bond, et sous la vague noire
S'ensevelir vivant, dans son morne sang-froid ?
Ah ! ce qui devrait bien s'y dérober sans cesse,
Y rester enfoui pour une éternité,
Va surgir à ses yeux..., et lui, dans sa détresse,
Sentira se rouvrir la plaie à son côté.

Quelle est cette blancheur que la houle soulève ?
C'est un cadavre aimé... le flot est son linceul.
Quel est, de temps en temps, ce cri sourd qui s'élève ?
C'est la voix du plongeur ; il sanglote... il est seul !
Et vous n'éprouvez point de pitié ni d'alarmes,
Et vous ne sentez rien dans votre cœur méchant,

Lorsqu'à vous l'affligé rapporte , non des larmes ,
Mais de l'huitre des mers les globules d'argent.

Quelque chose est profond plus que la mer profonde ,
Et renferme encor plus de terreurs et de morts
Quelque chose est immense, immense autant qu'un monde...
Et c'est le cœur de l'homme , un océan sans bords.
Y descendre , voilà le devoir du poète ;
Il faut qu'il ferme l'œil au clair azur des cieux ,
Il faut qu'il plonge au fond de cette onde inquiète...
De là viennent aussi ses pleurs silencieux !

III

LE COUDRIER

LE COUDRIER

VILLANELLE.

Un soir d'été, la blonde Estelle

Courait là-bas au bord de l'eau,

Légère comme une hirondelle ;

Car on dansait sous le bouleau...

Quand, tout près d'elle,

La pastourelle

Aperçut un vert coudrier

Qui saluait la jeune belle,

Aussi courtois qu'un cavalier.

« — Bonjour, lui dit la bachelette,

Mon bel ami le coudrier !

Prends garde à toi : déjà s'apprête

Le fer tranchant du jardinier.

Courbe la tête,

Tige coquette,

O toi, l'honneur de nos hameaux !

Cache-toi bien, car la serpette

Va t'enlever tes frais rameaux. »

« — Bien grand'merci, ma bergerette,

Dit à son tour l'arbre malin ;

Prends garde à toi plutôt, fillette,

Au bal surtout le diable est fin.

Quand la serpette

Abat ma tête,

Je reverdis au fond des bois ;

Mais fleur d'amour, ô ma pauvrette,

Ne peut pas se cueillir deux fois ! »

IV

LE FILS DU SEIGNEUR

LE FILS DU SEIGNEUR [1]

BALLADE BRETONNE

I

Tout bas, au bruit du rouet monotone,
Ainsi chantait la fileuse bretonne :

« De mon village au manoir des seigneurs,
Un sentier blanc serpente sous les fleurs ;

(1) Pour le texte et la traduction littérale en prose de cette pièce et des trois
suivantes, voir les *Chants populaires de la Bretagne*, de M. DE LA
VILLEMARQUÉ.

Un sentier blanc, et sur le bord on trouve
Fraîche aubépine où souvent l'oiseau couve ;

Fraîche aubépine, et son parfum si doux
Charme le fils du seigneur de chez nous.

Fleur d'aubépine, oh ! moi, je voudrais être :
Sa blanche main me cueillerait peut-être ;

Sa blanche main, plus blanche que la fleur
De l'aubépine à la suave odeur.

Oui, je voudrais être fleur d'aubépine ;
Moi sur son cœur, quelle place divine !

Moi sur son cœur !... c'est alors qu'il pourrait,
Comme un parfum, respirer mon secret. »

II

Tout bas, au bruit du rouet monotone,
Ainsi chantait la fileuse bretonne :

« Dès que l'hiver entre dans nos logis,

Il part soudain pour un autre pays ;

Et vers la France, où le plaisir l'appelle,

Il prend son vol ainsi que l'hirondelle ;

Puis, quand renaît l'aubépine au coteau,

Il nous revient avec le temps nouveau.

Quand les bluets parsèment la prairie,

Et dans nos champs que l'avoine est fleurie ;

Quand à l'envi linottes et pinsons

Au vent du soir dispersent leurs chansons ;

Il nous revient, il revient à nos fêtes,

A nos pardons, faire tourner les têtes.

Je voudrais voir, en toutes les saisons,

Chez nous des fleurs, des fêtes, des pardons ;

Et voir toujours, à nos landes fidèle,
Dans le ciel bleu voltiger l'hirondelle ;

Et voir toujours l'aubépine au coteau
Ouvrir sa fleur... pour le fils du château ! »

—

V

LE ROSSIGNOL

LE ROSSIGNOL

BALLADE BRETONNE

I

Là-bas, à Saint-Malo, la douce jeune femme,
A sa fenêtre, un soir, pleurait à rendre l'âme :

« — Hélas ! je suis perdue et n'ai plus qu'à souffrir :
Mon pauvre rossignol, ils me l'ont fait mourir ! »

II

« — Dites-moi, s'il vous plaît, mon épouse nouvelle,
Pourquoi donc si souvent vous levez-vous, ma belle ?

La nuit, d'auprès de moi, pourquoi vous levez-vous,
La tête et les pieds nus, de votre lit si doux ? »

« — Si je me lève ainsi, moi votre jeune femme,
La nuit, d'auprès de vous, cher seigneur de mon âme,

C'est que j'aime, tenez, sur l'océan sans fond,
A voir les grands vaisseaux qui viennent et s'en vont. »

« — Ce n'est pas, sûrement, pour un vaisseau qui passe,
Qu'à la fenêtre ainsi vous courez prendre place ;

Et ce n'est pas non plus pour deux vaisseaux, ni trois,
Que vous allez, la nuit, vous y mettre vingt fois.

Non, certes! ce n'est point pour contempler les voiles,
Ni, dans le ciel de Dieu, la lune et les étoiles.

Madame! encore un coup, dites-moi donc pourquoi
Vous vous levez toujours, la nuit, d'auprès de moi? »

« — C'est pour voir sommeiller mon enfant dans ses langes,
Rose parmi les fleurs, ange parmi les anges. »

« — Vous me trompez encore, et ce n'est point vraiment
Pour admirer, la nuit, le sommeil d'un enfant;

Vrai Dieu! je ne veux point d'un conte à vieille femme :
Pourquoi vous levez-vous? ne mentez pas, madame! »

« — Mon seigneur, je le sens, vous êtes irrité :
Je vais vous dire enfin toute la vérité.

C'est pour un rossignol... Charmant comme un beau rêve,
Du milieu d'un rosier, la nuit, son chant s'élève...

Oh ! ce chant, qu'il est doux, qu'il est triste, à minuit,
Quand l'océan s'endort et que l'air est sans bruit ! »

Or le malin seigneur, oyant la châtelaine,
S'est mis à réfléchir en son cœur plein de haine :

Puis il s'est dit tout bas : « — Mensonge ou vérité,
Le rossignol mourra pour ma tranquillité ! »

Se levant aussitôt que l'aurore nouvelle,
Vite il descend trouver son jardinier fidèle :

« — Écoute, jardinier, à ton seigneur ici
Quelque chose vraiment donne bien du souci :

Tous les soirs, dans le clos, un rossignol qui chante
Interrompt sans pitié le sommeil qui m'enchante.

Si tu peux l'attraper cette nuit en veillant,

Je te donne un sou d'or, un beau sou d'or vaillant. »

Le jardinier l'écoute, et, fort de la promesse,

Dispose incontinent ses lacs avec adresse.

Un rossignol est pris, on l'apporte au seigneur ;

Le vieux jaloux triomphe et rit d'un air moqueur.

Il étouffe l'oiseau, le doux chantre plein d'âme,

Et le jette expirant dans le sein de la dame :

« — Tenez ! voici, je crois, qui vous fera plaisir ;

C'est pour vous, cette nuit, que je l'ai fait saisir. »

III

Et le jeune amoureux, apprenant la nouvelle,

Se disait tristement : « — Nous voilà pris, ma belle !

Et nous ne pourrons plus nous parler et nous voir
D'une fenêtre à l'autre, à la fraîcheur du soir.. »

VI

LES FLEURS DE MAI

LES FLEURS DE MAI [1]

BALLADE BRETONNE

I

Celui qui l'aurait vue, errante sur les grèves,

Pareille à l'ange heureux qui planait dans ses rêves ;

[1] Il existe en Bretagne, sur la limite de la Cornouaille et du pays de Vannes, un usage aussi touchant que poétique : on sème de fleurs la couche des jeunes filles qui meurent au mois de mai. Ces prémices du printemps sont regardées comme un présage d'éternel bonheur pour celles qui peuvent en jouir. Aussi n'est-il pas une jeune malade en danger de mort dont les vœux ne hâtent l'instant de sa délivrance, si les *fleurs de mai* doivent bientôt se flétrir.

Celui qui l'aurait vue accourir au pardon,
En eût été ravi dans son cœur de Breton.

Mais celui qui l'eût vue amaigrie et souffrante,
Eût pleuré de douleur sur la pauvre mourante.

La fièvre avait changé son visage vermeil ;
Ce n'était plus qu'un lis brûlé par le soleil.

Qu'elle était triste à voir, la pâle jouvencelle,
Sur son lit virginal, moins pur et moins blanc qu'elle !

Ses compagnes pleuraient au chevet de leur sœur ;
Mais elle leur disait avec calme et douceur :

« Ne pleurez pas sur moi, filles de nos campagnes ;
Dieu même a dû mourir, ô mes chères compagnes ! »

II

A la fontaine, un soir, j'allais puiser de l'eau ;
Le rossignol de nuit chanta sur le bouleau :

« Voici le mois de mai, le mois de mai qui passe,

Et la fleur avec lui, la fleur tombe et s'efface ;

Heureuses, disait-il, jeunes filles des champs,

Les belles d'entre vous qui meurent au printemps !

La rose, à son rosier, par un souffle est ravie ;

La jeunesse de même abandonne la vie.

Mais celles qui mourront avant la fin de mai,

On couvrira de fleurs leur chevet embaumé ;

Elles s'envoleront parmi ces fleurs écloses,

Comme le passe-vole en s'échappant des roses (1). »

III

Marguerite ! écoutez, et vous allez savoir

Ce que le rossignol chantait hier au soir :

(1) La coccinelle. En breton *Ar bivik-Doué* (mot à mot : *la petite vache du bon Dieu)*. Espèce de scarabée de la grosseur et de la forme d'une lentille, mais de couleur rouge, avec quelques petits points noirs.

« Voici le mois de mai, le mois de mai qui passe,
Et la fleur avec lui, la fleur tombe et s'efface... »

Dès que la pauvre fille entendit cette voix,
On la vit sur son cœur mettre ses mains en croix :

« Je vais dire un *Ave* pour vous, dame Marie ;
Prenez pitié de moi, sauvez-moi de la vie ;

Laissez-moi, sans tarder, rejoindre au paradis
Mes compagnes, mes sœurs, qui m'aimaient tant jadis ! »

Elle priait encor... Soudain, pâle et muette,
Sur son lit de douleur elle pencha la tête ;

Elle pencha la tête, elle ferma les yeux,
Et son âme aussitôt s'envola vers les cieux...

IV

Et le soir, au courtil, on entendit encore
Du rossignol de nuit la voix douce et sonore :

« Heureuses, disait-il, jeunes filles des champs,
Les belles d'entre vous qui meurent au printemps !

Elles s'envoleront parmi les fleurs écloses,
Comme le passe-vole en s'échappant des roses... »

VII

LE COMBAT DES TRENTE

LE COMBAT DES TRENTE

CHANT DE GUERRE BRETON

I

Voici le mois de mars avec ses lourds marteaux ;
Triste, sombre, orageux, il frappe à nos linteaux ;
L'averse dans nos champs courbe l'arbrisseau frêle,
Et l'on entend craquer nos vieux toits sous la grêle.

3.

Oui, mars arrive à nous avec ses lourds marteaux :

Mais ce n'est pas lui seul qui frappe à nos linteaux,

L'averse n'est pas seule à courber l'arbre frêle,

Nos toits ne craquent point seulement sous la grêle.

Ce n'est pas seulement l'averse et le grêlon

Qui frappent : c'est encor l'Anglais, l'Anglais félon ;

Plus noir que l'ouragan, plus affreux que l'averse,

Fond l'homme d'outre-mer sur nos toits qu'il renverse.

O vous, notre patron, soldat toujours vainqueur,

Monseigneur saint Kado, donnez-nous force et cœur ;

Faites-nous aujourd'hui, par val et par montagne,

Balayer ces brigands du sol de la Bretagne.

Après le grand combat, si nous vivons encor,

A vous large ceinture et riche cotte d'or ;

A vous glaive d'acier brillant d'éclairs sans nombre,

A vous manteau de roi bleu comme un ciel sans ombre.

Si bien qu'en vous voyant, patron des gens de cœur,

Tous nos rudes Bretons répéteront en chœur :

« Ici-bas ou là-haut, ciel ou terre, il n'importe,

Monseigneur saint Kado sur tous les saints l'emporte. »

II

« — Dis-moi, page ! combien sont-ils d'Anglais ? — Combien ?

Un, deux, trois, quatre et cinq… Seigneur, écoutez bien…

Six, sept, huit, neuf et dix… onze… leur nombre augmente…

Douze, treize… et puis quinze… et puis vingt… ils sont trente.

— Trente ? eh bien ! nous aussi ; soyons de francs rivaux…

En avant, les bons gars ! faucheurs, droit aux chevaux !

Ils ne mangeront plus, dans leur dédain superbe,

Notre froment sur pied et notre seigle en herbe. »

Aussi dru que marteaux sur enclumes de fer,

Les coups s'accumulaient dans ce tournoi d'enfer ;

Aussi fort que l'orage, et la grêle, et l'ondée,

Le sang pleuvait à flots sur la terre inondée.

Aux haillons des truands les armures des preux
Ressemblaient, à cette heure, avec leurs trous nombreux ;
Et les cris qu'ils poussaient, dans leur accent sauvage,
Imitaient l'océan roulé sur son rivage.

Ah ! c'était belle chose, oui, belle chose à voir...
Et l'on besognait dur... car il fallait savoir
Si les gars de chez nous, si les gens d'Angleterre,
Ou plus, ou moins, un jour engraisseraient la terre.

III

Au brave Tinténiac, ce hardi batailleur,
La Tête-de-Blaireau disait d'un ton railleur :
« — Tiens ! un coup, un seul coup de ma lance intrépide ;
Et dis-moi, Tinténiac, si c'est un roseau vide !

— Ce qui, dans un moment, sera vide ou plein d'air,
Bembrough, mon bel ami ! c'est ton crâne de fer ;
Plus d'un corbeau viendra, béant à la pâture,
De ta cervelle, Anglais, fouiller la pourriture ! »

Il n'avait pas fini, que son bras envoyait

Au fier provocateur un tel coup de maillet,

Qu'en fracassant son casque il lui broya la tête,

Ainsi qu'un limaçon sur qui le pied s'arrête.

Keranrais, en voyant ce fait d'armes vainqueur,

S'écria, rire aux dents, joyeux, grinçant du cœur :

« — Voilà comme en Bretagne on reçoit l'Angleterre ;

C'est en tombant ainsi qu'ils conquerront la terre ! »

« — Page ! combien de morts ? je voudrais le savoir.

— La poussière et le sang m'empêchent de rien voir.

— Page ! combien de morts ? au nom de Notre-Dame !

— En voilà cinq, six, sept. — Que Dieu sauve leur âme !... »

IV

De l'aurore à midi, de midi jusqu'au soir,

Anglais contre Bretons, sans merci, sans espoir,

Bataillaient et hurlaient. — « De l'eau ! la soif me brûle ! »

S'écria Beaumanoir qui jamais ne recule.

Oyez comme à son chef un Breton répondra :

« — Beaumanoir ! bois ton sang, et ta soif s'éteindra ! »

A ces mots que Geoffroi lui dardait comme un glaive,

Le cœur du chevalier, plus vaillant, se relève.

De honte et de fureur il se plissa le front ;

Et, tombant sur ceux-là qui causaient son affront,

Terrible et rugissant, il étendit par terre,

Sous son branc acéré, cinq hommes d'Angleterre.

« — Dis-moi, page ! combien d'Anglais encor debout ?

— Seigneur, un, deux, trois, quatre... et cinq... et six... c'est tout.

— Prenons-les à merci, la mort doit être lasse :

Au prix de cent sous d'or ils obtiendront leur grâce. »

V

Certe ! il n'eût pas été vrai Breton, celui-là

Qui n'eût pas été fier en apprenant cela,

Et qui dans Josselin, la cité d'Armorique,

N'eût pas senti bondir son cœur patriotique ;

En voyant de retour, après leur coup hardi,

Nos gars de la Bretagne et leur chef applaudi,

Portant sur les cimiers qui rehaussaient leur taille,

Des touffes de genêt, fleurs du champ de bataille,

Certe ! il n'eût pas été vrai Breton, celui-là

Qui n'eût pas dit vingt fois, en apprenant cela :

» — Ici-bas où là-haut, ciel ou terre, il n'importe,

Monseigneur saint Kado sur tous les saints l'emporte. »

—

VIII

POUR UN SOURIRE

POUR UN SOURIRE

RONDEAU

Pour un sourire aux plis délicieux...
Et puis, pour voir s'incliner, gracieux,
Ce cou si blanc que le baiser réclame;
Pour un regard, pour un rien... sur mon âme
J'aurais peut-être escaladé les cieux.

Faut-il, tenez, vous le dire encor mieux ?

Stupide amant, comme un héros de drame,

Je me serais poignardé sous vos yeux...

Pour un sourire !

Ce temps n'est plus... Nous en rions tous deux...

J'étais bien jeune, et vous étiez bien... femme !...

Mais au foyer des rêves amoureux,

La cendre froide a remplacé la flamme...

Mon cœur éteint ne battra plus, madame,

Pour un sourire !

IX

LA MORT

LA MORT

SONNET

Der Tod, ihr Freunde, ja der Tod soll leben !

HERWEGH.

La Mort n'est pas la mort : la Médaille éternelle
A pour face la Vie, et la Mort pour revers ;
Prêtre amoureux, devant son image si belle
J'allume, chaque nuit, le flambeau de mes vers.

Ainsi que des enfants, nous pleurons devant elle ;
Nous tremblons quand sa main nous arrache à nos fers :
Dans l'immense océan la goutte d'eau rebelle
Tombe, avant de sortir perle du fond des mers.

C'est la Mort, au grand Tout, qui réunit l'atome ;
C'est elle, dans mon sein, qui fait taire un cœur d'homme,
Pour qu'il batte à jamais, cœur de l'Humanité.

Nous sommes des ingrats ; nous la trouvons amère,
Nous l'appelons Néant... Non ! c'est la grande Mère
Qui nous engendre à Dieu, dans sa fécondité !

X

AUTREFOIS ET MAINTENANT

AUTREFOIS ET MAINTENANT

I

Autrefois, le long des grèves,
    Comme un chœur,
J'écoutais chanter les rêves
    Dans mon cœur ;
Autrefois j'allais entendre.
    Dans les bois,

La nature aux mille voix ;
Autrefois, naïf et tendre,
Au bonheur j'osais prétendre :
Je savais que pour m'attendre
Quelqu'un veillait chaque soir...

Maintenant, dans ma misère,
Plus d'espoir ;
Sur ma route solitaire
Tout est noir ;
Je n'ai plus sur cette terre
Qu'à souffrir ;
Je n'ai plus qu'un désir...
Mourir !

II

Autrefois, foulant la mousse
Du chemin,
Je sentais sa main si douce
Dans ma main ;

Autrefois, d'un seul sourire

 Mon amour

Vivait... pendant plus d'un jour :

Autrefois, charmant délire !

Dans ses yeux je croyais lire

Le secret qu'on n'ose dire,

Mais qui se laisse entrevoir...

Maintenant, dans ma misère,

 Plus d'espoir ;

Sur ma route solitaire

 Tout est noir ;

Je n'ai plus sur cette terre

 Qu'à souffrir ;

Je n'ai plus qu'un désir...

 Mourir !

III

Riche écho de ma jeunesse,

 Souvenir,

Puissiez-vous en moi sans cesse
Revenir !
Puissiez-vous, près de la grève,
M'enivrer
Et me faire encor pleurer !...
Mon bonheur n'était qu'un rêve,
Rêve d'or que l'aube achève,
Doux parfum qu'un souffle enlève,
Doux rayon qui meurt le soir...

Maintenant, dans ma misère,
Plus d'espoir ;
Sur ma route solitaire
Tout est noir ;
Je n'ai plus sur cette terre
Qu'à souffrir ;
Je n'ai plus qu'un désir...
Mourir !

—

XI

L'OUBLI

L'OUBLI

> Hodie homo est, et cras non comparet; quum autem sublatus fuerit ab oculis, etiam cito transit a mente.
>
> *Imitation*, l. 1, ch. 23.

Il est un mot qui glace;

Quand sur ma lèvre il passe,

Mon front garde sa trace

En se creusant d'un pli.

Ce mot terrible à dire,

Eteignant tout sourire,

Ce mot qui me déchire...

C'est l'oubli! c'est l'oubli!

Rêveur perdu sur terre,

Barde au chant éphémère,

Va, poursuis ta chimère...

L'oubli se trouve au bout.

Doux serments de tendresse,

Beaux rêves de jeunesse,

Trop courts instants d'ivresse,

L'oubli dévore tout !

Etoile qui scintille,

Fraiche aurore qui brille,

Jeune fleur, jeune fille,

Ont toutes même sort.

Dans l'oubli s'il succombe,

Tout entier l'homme y tombe...

C'est plus noir que la tombe,

Plus profond que la mort.

XII

ADIEU

ADIEU

Adieu !... Ce mot lugubre et tendre,

Ce dernier soupir de mon cœur,

En l'écoutant, je crois entendre

Blasphémer un démon moqueur.

En vain sa cruelle ironie

Reporte ma pensée à Dieu ;

De mon bonheur c'est l'agonie...

    Adieu !

Adieu !... C'est l'espoir qui s'envole
Et qui fait place à la douleur ;
C'est l'amour, abeille frivole,
De ma vie épuisant la fleur ;
C'est l'oubli glacé qui retombe,
Comme la dalle du saint lieu,
Sur le mort couché dans sa tombe...
Adieu !

Adieu, toi qui peuplas mes rêves
Des illusions du printemps ;
Toi qui, le soir, au bord des grèves,
M'as fait retrouver mes vingt ans.
Je reprendrai ma lourde tâche,
J'éteindrai mon âme de feu ;
J'étais un fou, j'étais un lâche...
Adieu !

XIII

AIMER D'AMOUR

AIMER D'AMOUR

IMITÉ DE L'ALLEMAND

(HENRI HEINE)

Aimer d'amour, aimer d'amour extrême,
Brûler son cœur à petit feu,
Aimer d'amour, aimer sans espoir même,
Pour la première fois, oh ! oui, c'est être un dieu...

Aimer d'amour, aimer d'amour extrême,

Brûler son cœur à petit feu,

Aimer d'amour, aimer sans espoir même,

Pour la seconde fois, ce n'est plus être un dieu...

C'est être un fou... Moi, je suis le fou... J'aime...

J'aime sans être aimé, j'aime sans espoir même...

Et tout en rit... soleil, lune, étoiles et fleurs...

Et moi... j'en ris aussi... moi, j'en ris... et je meurs !

—

XIV

LA CHANSON DU SOLEIL

LA CHANSON DU SOLEIL

Gloire au soleil! Empereur solitaire,
Drapé là-haut dans son grand manteau bleu,
D'un seul regard il féconde la terre ;
Gloire au soleil! le soleil est mon dieu.

Car son amour, au sultan des planètes,
Est à la terre, à la terre surtout,

Où rit la femme, où chantent les poëtes,

Où le sang court, où la jeunesse bout ;

Ce vaste amour dans lequel il se plonge,

Il le révèle, en ses transports brûlants,

Par un baiser qui toujours se prolonge,

Sans s'interrompre, au bout de six mille ans.

Gloire au soleil ! Empereur solitaire,

Drapé là-haut dans son grand manteau bleu,

D'un seul regard il féconde la terre ;

Gloire au soleil ! le soleil est mon dieu.

Au doux printemps il fait signe de naitre ;

Il a frappé... tout s'éveille à la fois :

La jeune fille au bord de sa fenêtre,

L'abeille aux champs et l'oiseau dans les bois.

Au fond des cœurs qu'assombrit la souffrance

Comme un ciel noir chargé de souvenir,

En rayons d'or il verse l'espérance

Et fait germer la fleur de l'avenir.

Gloire au soleil ! Empereur solitaire,

Drapé là-haut dans son grand manteau bleu,

D'un seul regard il féconde la terre ;

Gloire au soleil ! le soleil est mon dieu.

Son œil de flamme attire l'œil de l'aigle ,

Dans sa carrière il s'élance en vainqueur ;

Il fait mûrir le froment et le seigle,

Et le bon vin qui réchauffe le cœur.

Sous son flambeau , l'enfance qu'il éclaire

Se sent grandir... ivre de puberté ;

A son foyer rallumant leur colère ,

Les nations puisent la liberté.

Gloire au soleil ! Empereur solitaire ,

Drapé là-haut dans son grand manteau bleu,

D'un seul regard il féconde la terre ;

Gloire au soleil ! le soleil est mon dieu.

XV

SOUVENIR DU PAYS

SOUVENIR DU PAYS

Et dulces moriens reminiscitur Argos.
VIRGILE.

De mon enfance heureuse humble et calme séjour,

Tournus, mon doux pays et mon premier amour,

A l'heure où murmuraient en moi les rêveries,

J'ai revu bien souvent tes pelouses fleuries ;

Bien souvent j'ai revu dans un songe trompeur,

Voguant le long des quais, tes bateaux à vapeur,

Ta Saône au large cours, à la nappe dormante,

Tes plantureux coteaux où la vigne fermente,

Et, remplissant le ciel de son éclat vainqueur,

Ton soleil bourguignon qui réchauffe le cœur ;

J'ai revu bien souvent ton antique abbaye,

De tant de prieurés autrefois obéie,

Et comme au bord des mers se dressent deux rochers,

Dans la brume du soir, debout, tes vieux clochers,

Colosses vigilants, sentinelles de pierre,

Dont jamais le sommeil n'a fermé la paupière...

Car sur le roc désert d'un cœur sans avenir

S'épanouit encor la fleur du souvenir ;

Car on aime, à travers ce pénible voyage,

S'arrêter un instant pour revoir son jeune âge,

Pour entendre de loin frémir dans le glaïeul

Le chant de la nourrice et la voix de l'aïeul...

Oui, je veux t'illustrer comme a fait ton fils Greuze !

Et si je me repais d'une espérance creuse ;

Laissant pour héritage un nom sans lendemain,

Avant d'atteindre au but, si je reste en chemin...

Sur ton sol maternel Dieu veuille que je tombe !

Ton sein fut mon berceau : qu'il soit aussi ma tombe...

De mon enfance heureuse humble et calme séjour,

Tournus, mon doux pays et mon premier amour !

XVI

VIEUX LIVRES, JEUNES FLEURS

VIEUX LIVRES, JEUNES FLEURS

Je suis seul et chez moi, je suis heureux et libre ;
Le doux soleil de mai vient me dire : Bonjour !
Sous la main du printemps, comme un luth, mon cœur vibre :
Mon âme s'illumine aux splendeurs d'un beau jour.
Soyez béni, mon Dieu ! vous me faites renaître,
Vous chassez de mon front les anciennes pâleurs ;
Aux murs de ma cellule, aux bords de ma fenêtre,
Tout ce que j'aime est là : vieux livres, jeunes fleurs.

Ce sont des amis sûrs, des compagnes fidèles ;

On dirait que vers moi se tourne leur regard :

« Il a dormi longtemps, » murmurent-ils ; mais elles :

« Oh ! ne le grondez pas, il a veillé si tard ! »

Ma chambre autour de moi semble un Eden qui s'ouvre,

J'entends causer entre eux mes frères et mes sœurs ;

Je ne changerais pas mon taudis contre un Louvre...

Tout ce que j'aime est là : vieux livres, jeunes fleurs.

De l'ennui, près de vous, j'ignore l'amertume,

Vous qui parlez si bien, livres silencieux ;

Le parchemin jauni qui vous sert de costume

Mieux que le maroquin vous revêt à mes yeux.

Vous, fleurs, trésor chéri du pauvre anachorète,

Je comprends votre langue aux intimes douceurs,

Et mon cœur sait répondre à votre voix discrète...

Tout ce que j'aime est là : vieux livres, jeunes fleurs.

Oui, les hommes sont laids, mais leurs œuvres sont belles ;

Les hommes sont méchants, mais leurs livres sont bons :

Les corps ne sont plus là... les âmes immortelles
Restent seules, dardant leurs célestes rayons.
Les fleurs aussi, les fleurs, sur leur tige enchaînées,
Sont des anges fixés auprès de nos douleurs ;
Des vierges de la terre elles sont les aînées...
Tout ce que j'aime est là : vieux livres, jeunes fleurs.

D'une double moisson je remplis ma corbeille,
Aux frivoles plaisirs j'ai dit un long adieu...
Les livres sont des fleurs, et moi j'en suis l'abeille ;
Les fleurs sont à leur tour les livres du bon Dieu.
Voilà mes confidents, je n'en connais pas d'autres ;
Mes instincts avec eux redeviennent meilleurs :
Pour le beau, pour le bien, ce sont mes seuls apôtres...
Tout ce que j'aime est là : vieux livres, jeunes fleurs.

Ces vieux livres, tombeaux où dort l'intelligence,
Des siècles écoulés gardent le souvenir ;
Ces jeunes fleurs, brillant des couleurs de l'enfance,
Sont autant de miroirs qui montrent l'avenir.

Le présent est si triste !... Hélas ! il nous oppresse,

Comme un ciel gros d'orage il pèse sur nos cœurs ;

Oh ! parlez-moi longtemps, oh ! parlez-moi sans cesse

De passé, d'avenir... vieux livres, jeunes fleurs !

—

XVII

LE VOYAGEUR

LE VOYAGEUR

IMITÉ DE L'ALLEMAND

(ZACHARIAS WERNER)

I

De la montagne dans la plaine
Je descends fatigué, je me traîne abattu ;

Le vent siffle, on entend mugir la mer lointaine...
Je suis triste... et mon cœur, succombant sous la peine,
Mon pauvre cœur me dit : Voyageur, où vas-tu ?

Au-dessus de ce globe où la douleur abonde.
La nuit, sœur de la mort, étend son bleu linceul ;
Dieu ! qu'il est riche et grand, qu'il est rempli, le monde !
Moi, que je suis petit ! que je suis pauvre et seul !

Là-bas, dans le vallon, leur paisible village
      Se blottit comme un nid d'oiseaux...
On en sort le matin pour d'agrestes travaux ;
On y rentre le soir... Bonne nuit ! bon courage !
Seul, du pauvre étranger le bâton de voyage
      Descend et monte sans repos...

      Où donc es-tu, beau pays de mes rêves,
Toi pour qui j'ai déjà parcouru tant de grèves ;
Pays longtemps cherché, sans être atteint jamais ?

Où donc es-tu, pays où fleurissent mes roses,

Où mes illusions resplendissent écloses,

Où de mon idéal rayonnent les sommets ?

Où donc, où donc es-tu, pays vert d'espérance,

Où le ciel est sans ombre et le cœur sans souffrance...

Où je retrouverai tous les morts que j'aimais ?

Ici le ciel est froid, la campagne est aride,

Les soleils sont obscurs, les roses sans couleurs :

Le front de jour en jour se creuse d'une ride ;

L'amour manque à la vie, et le parfum aux fleurs.

A mon oreille une langue résonne ;

Mais c'est un bruit sans âme, un écho mensonger :

Pour appuyer mon cœur je n'ai trouvé personne...

Hélas ! je suis partout, partout un étranger !

II

De la montagne dans la plaine

Je descends fatigué, je me traine abattu ;

Le vent siffle, on entend mugir la mer lointaine...
Je suis triste... et mon cœur, succombant sous la peine,
Mon pauvre cœur me dit : Voyageur, où vas-tu ?

Où je vais ? où je vais ?... Je vais où va la flamme,
Je vais où va l'esprit... l'ignores-tu, mon cœur ?...
Je vais au sol natal, au beau pays de l'âme...
Marchons, marchons encore : un grand but nous réclame :
Là-haut on nous attend... là-haut est le bonheur !

XVIII

DEUX FEMMES

DEUX FEMMES

Qu'à son banquet d'élus la gloire me convie,
Ou que l'obscurité m'étouffe en son limon,
Deux souvenirs de femme absorberont ma vie :
Le souvenir d'un ange et celui d'un démon.

D'un côté, c'est ma mère... une pâle madone,
Pur ovale, front large enténébré d'ennuis,

Long regard de velours qui sur moi s'abandonne,

Et dont le double éclair brille encor dans mes nuits ;

Ma mère... douce fée , ange aux saintes alarmes,

Oiseau de paradis qui couva mon printemps ;

Souriant de ma joie et pleurant de mes larmes ,

Ma mère... dont l'amour me berça si longtemps !

De l'autre, c'est la femme égoïste et frivole,

Qui ne m'a jamais cru , senti , compris, aimé...

De la fleur de mon âme un soir elle s'envole ,

Papillon des beaux jours par l'orage alarmé ;

C'est l'enfant qu'amusa mon amour inutile ,

Celle qui , ramassant mon cœur sur son chemin ,

S'égaya tout un jour de ce jouet futile ,

Pour le briser ensuite avec sa blanche main.

O ma mère ! ma mère ! elle t'a bien vengée

De mon ingratitude et de mon abandon ;

Du soin de me punir le ciel qui l'a chargée,
En a fait un bourreau sans pitié ni pardon.

Ah ! je l'avoue aussi : mon crime fut immense ;
Orpheline d'un fils, palpitante d'émoi,
Lorsque ma mère en pleurs sanglotait mon absence,
Pas une ligne, un mot, ne lui parla de moi.

Oh ! oui, c'était indigne ; oh ! oui, c'était infâme !
Sous mon joug amoureux triste esclave plié,
Que m'importait le reste?... Aux genoux d'une femme,
Jusqu'à ma mère, hélas ! j'avais tout oublié !...

Et puis, il est venu, ce jour sombre où l'on pleure...
Sa lèvre, à chaque pas, murmurait : « Le voilà ! »
Haletante après moi jusqu'à sa dernière heure,
Ma mère m'appelait... et je n'étais pas là !...

Dès lors, j'ai concentré mes tourments légitimes ;
Muet aux yeux d'un monde insensible et moqueur

Moi, je pleure en dedans... et ces larmes intimes
Comme du plomb fondu retombent sur mon cœur.

Je souffre résigné... Quand la main du grand juge ,
Pour châtier ma faute... et lui seul sait combien !...
S'appesantit sur moi, coupable sans refuge :
Merci ! lui dis-je alors ; mon Dieu, vous faites bien !

Mon sort est mérité, je n'ai pas à me plaindre ;
Sous le bras qui maudit j'ai ployé les genoux ;
Sans murmurer jamais lorsque j'ai tout à craindre,
J'attendrai, juste Dieu ! le dernier de vos coups.

O vous qui poursuivez des amours éphémères ,
Loin du cœur maternel que votre oubli tuera,
Enfants insoucieux qui délaissez vos mères ,
Comme moi, tôt ou tard , Dieu vous en punira !

XIX

BLONDE AUX YEUX BLEUS

BLONDE AUX YEUX BLEUS

Blonde aux yeux bleus ! quel noir présage
A sur ton front mis la pâleur?
Pourquoi ton calme et doux visage
S'est-il crispé sous la douleur ?
Pourquoi cette larme irisée,
Qui tremble à tes longs cils soyeux,
Comme au bord des fleurs la rosée...
    Blonde aux yeux bleus ?

Oh ! réponds-moi : ta vieille mère

Est-elle morte dans tes bras ?

A-t-il fui, l'ange tutélaire

Qui vers Dieu conduisait tes pas ?...

Ah ! je l'ai bien senti moi-même :

Le désespoir le plus affreux,

C'est de pleurer l'absent qu'on aime...

  Blonde aux yeux bleus !

Non... Ton oiseau, captif sauvage,

Regrettant l'air libre du ciel,

Est mort, tué par l'esclavage,

Dans l'exil du nid maternel...

Et voilà, belle désolée,

Pourquoi sous tes longs cils soyeux

Scintille une larme perlée...

  Blonde aux yeux bleus !

Naguère aussi, pauvre poète,

Un oiseau chantait dans mon cœur ;

C'était l'amour... Enfant coquette,

Tu l'étouffas d'un doigt moqueur...

Et quand le rossignol intime

S'envola de mon âme aux cieux,

Tu n'as point pleuré la victime...

    Blonde aux yeux bleus !

XX

LE CHANT DU FOSSOYEUR

LE CHANT DU FOSSOYEUR

Creuse, creuse toujours, ô ma bêche fidèle !
Il faut, plus que jamais, songer au lendemain.
Travaillons : je suis vieux, et mon Alice est belle ;
A ma fille une dot, à son père du pain.

Vanité ! vanité !... Voyez-vous ce squelette ?...
Egoïste et sans cœur, n'ayant que soi pour but,

Jamais vers l'indigent il ne tourna la tête,

Jamais il ne daigna me rendre mon salut.

Qu'étions-nous à ses yeux ?... Rien... des bêtes de somme ;

De toutes nos sueurs il fallait le nourrir.

Mais chacun a son tour... Aujourd'hui, moi, pauvre homme,

Je foule aux pieds son crâne, et lui dis : Va pourrir !

Creuse, creuse toujours, ô ma bêche fidèle !

Il faut, plus que jamais, songer au lendemain.

Travaillons : je suis vieux, et mon Alice est belle ;

A ma fille une dot, à son père du pain.

Vanité ! vanité !... Voyez-vous ce squelette ?...

C'était un fier César, héritier des Romains ;

Il courait, emporté de conquête en conquête ;

Sur l'échiquier du globe il jouait aux humains.

Près de réaliser son rêve militaire,

On l'entendit un jour, dans son orgueil géant,

Crier : A moi le monde !... A toi six pieds de terre !

Lui répondit la mort... Et le voilà... néant !

Creuse, creuse toujours, ô ma bêche fidèle !
Il faut, plus que jamais, songer au lendemain.
Travaillons : je suis vieux, et mon Alice est belle ;
A ma fille une dot, à son père du pain.

Vanité ! vanité !... Voyez-vous ce squelette ?...
Ces grands yeux sans regard jadis lançaient l'éclair ;
C'était un pauvre fou... ce qu'on nomme un poète...
La cigale qui chante, en oubliant l'hiver...
Enfant qui s'endormait bercé par un doux songe,
Longtemps il a rêvé, dans son sommeil fatal,
Amour, bonheur et gloire... O néant ! ô mensonge !
Le rêveur, un matin, s'éveille... à l'hôpital.

Creuse, creuse toujours, ô ma bêche fidèle !
Il faut, plus que jamais, songer au lendemain.
Travaillons : je suis vieux, et mon Alice est belle ;
A ma fille une dot, à son père du pain.

Vanité ! vanité !... Voyez-vous ce squelette ?...
Hier encore, il avait de beaux yeux... et seize ans.

C'était une enfant rose... et jolie !... et coquette !...
Ça ne rêvait, mon Dieu ! que fleurs et que rubans.
Tous ses moments étaient de longs siécles d'ivresse.
Toutes ses nuits, d'azur, et tous ses jours, dorés...
Ce trésor de beauté, de grâce et de jeunesse,
Le lendemain d'un bal, il était là... pleurez !

Creuse, creuse toujours, ô ma bêche fidèle !
Il faut, plus que jamais, songer au lendemain.
Travaillons : je suis vieux, et mon Alice est belle :
A ma fille une dot, à son père du pain.

Vanité ! vanité !... Mais que viens-je d'apprendre ?
Elle aussi !... mon Alice !... elle !... mon seul amour !...
Le lâche qu'elle aimait n'a pas su la comprendre ;
Trahie... elle en est morte !... Allons, voici mon tour...
Morts enterrés par moi, place ! je suis des vôtres ;
Serrez-vous pour que j'entre au sépulcre béant :
J'avais tort d'insulter au néant de tant d'autres,
Moi qui devais un jour y joindre mon néant !

Adieu, ma vieille amie, ô ma bêche fidèle !

Tu n'as plus qu'une tombe à creuser sous ma main...

La tombe où dormira mon Alice... où, près d'elle,

Son vieux père attendu reposera demain.

XXI

AMOUR FIDÈLE

AMOUR FIDÈLE

IMITÉ DE L'ALLEMAND

(*LOUISE BRACHMANN*)

Autour de toi laisse gronder l'orage :
Ne tremble pas, reste calme, ô mon cœur !
Comme le roc qui méprise la rage
Des flots brisés qu'il domine en vainqueur.

Oui ! le destin te sépare de celle
Pour qui tu bats, sans relâche agité...
Mais reste fort : ton sein profond recèle
Et ta souffrance et ta félicité.

C'est ton trésor ici-bas ; sois sans crainte,
Et tourne-toi vers ton pôle d'aimant :
Quel bras pourrait desserrer ton étreinte,
Cœur de granit, cœur à jamais aimant !

Conserve donc, pauvre écrin solitaire,
Ce pur joyau qu'on admire tout bas ;
Quand tout devrait te quitter sur la terre,
L'amour, du moins, ne te quitterait pas.

Console-toi : ce sera ton étoile,
Si chaque espoir t'abandonnait un jour ;
De ton bonheur que le soleil se voile...
Astre éternel, là-haut brille l'amour !

Autour de toi laisse gronder l'orage ;

Ne tremble pas, reste calme, ô mon cœur !

Comme le roc qui méprise la rage

Des flots brisés qu'il domine en vainqueur.

—

XXII

LE POÈTE

LE POÈTE

D'APRÈS GEORGE SAND

(LETTRES D'UN VOYAGEUR)

Cet exilé du ciel qu'on appelle un poète,
Ici-bas, renfermé dans sa douleur muette,
Drapé dans sa grandeur comme dans un linceul,
Pélerin sans abri, marche seul, toujours seul...

Dès que ses faibles yeux s'ouvrent à la lumière,

Dès qu'il a pu franchir le seuil de sa chaumière,

Il cherche, il veut avoir de quoi calmer un jour

L'inextinguible soif de son immense amour.

A ses premiers regards s'offre comme une reine,

Avec sa grâce auguste et sa beauté sereine,

Sa couronne de fleurs, son sourire vermeil,

Et son manteau royal d'azur et de soleil,

La nature… l'antique et féconde Cybèle,

Eternellement jeune, éternellement belle ;

Et devant la déesse ému comme un amant,

Il chante transporté d'un saint ravissement.

Mais le monde physique est un cadavre inerte ;

A de plus hauts désirs son âme s'est ouverte :

Il lui faut son semblable et lui-même ; il lui faut

La trinité d'en bas, reflet du Dieu d'en haut ;

Il lui faut l'homme enfin, qui sent, qui veut, qui pense ;

L'homme où doit rayonner, plus pure et plus intense,

La lumière qu'épanche en ce terrestre lieu

L'invisible foyer, le triangle de feu,

Le mystique soleil devant qui l'autre est sombre…

Oui, dans l'homme il voudrait rencontrer Dieu sans ombre,

Et dans l'être qui meurt adorer l'Eternel,

Comme le feu sacré sur son plus digne autel.

Son vaste amour s'étend sur toute créature ;

En lui l'humanité détrône la nature,

Et par-delà les monts, les plaines et les mers,

Dans ses bras de géant il étreint l'univers.

Son cœur bat, dévoré d'une fièvre divine ;

Dans son besoin d'aimer il fendrait sa poitrine,

Afin d'y faire entrer, en mourant de plaisir,

Tous les êtres, objet de son puissant désir...

Mais la corruption que chaque siècle amène,

L'effroyable laideur de la nature humaine,

De misère et d'orgueil cet abime sans fond,

Ne saurait échapper à son coup-d'œil profond.

Il surprend la fumée au-dessus de la flamme ;

A travers l'enveloppe il pénètre... Il voit l'âme,

L'âme impure au milieu d'un corps brillant d'attraits ,

Comme la courtisane habitant un palais...

Il souffre... et sa torture est immense, inconnue...

Le ciel qui le doua d'une seconde vue,

A voulu compenser un présent si fatal :

Pour exalter le bien, pour maudire le mal ,

Il lu donna la voix... une voix abondante

Qui trahit tout son cœur, noblement imprudente.

L'aspect de son pays où flotte un drapeau noir,

Arrache à sa grande âme un cri de désespoir ;

Le spectacle imprévu de Tartufe en son bouge,

Epouvantant ses yeux, les brûle d'un fer rouge ;

Comme dans l'incendie un lugubre tocsin,

L'appel de l'opprimé retentit dans son sein ;

Des faibles, des proscrits mandataire fidèle,

Il combat, invoquant la justice éternelle,

Et, visant droit au cœur de la perversité,

Lui darde en traits de feu l'ardente vérité...

Téméraire !... il irrite un serpent : l'égoïsme...

Le monde contre lui décrète l'ostracisme :

« Anathème au poète, au rêveur insolent,

Qui traduit nos remords comme un écho vivant ! »

Voilà, dans tous les temps, la clameur unanime ;

Partout l'on te repousse, ô paria sublime :

« Fuyons cet homme... il a des paroles de feu ;

Il croit encore au peuple, il croit encore à Dieu ;

Laissons-le face à face avec son agonie ;

Reculons tous devant la lèpre du génie !... »

Rien ne change au supplice... excepté les bourreaux ;

Toujours le même drame, avec d'autres héros :

La scène et les acteurs sont différents... Qu'importe?...

Est-ce Homère? il mendie, errant de porte en porte ;

Tasse? au fond des cachots on étouffe sa voix ;

Dante? il meurt dans l'exil. Christ? IL MEURT SUR LA CROIX !

TABLE

FIN.

www.ingramcontent.com/pod-product-compliance
Ingram Content Group UK Ltd.
Pitfield, Milton Keynes, MK11 3LW, UK
UKHW022304070726
13614UKWH00002B/540